小学生《しょうがくせい》まじょとまほうのくつ

中島和子・作　秋里信子・絵

あしたは、えんそくです。
「ああ、はやく　あしたに
ならないかな。」
リリコは、ベッドの
なかで、なんども　なんども
時計《とけい》を　見《み》ました。
それなのに、時計《とけい》は
いじわるするように

ちっとも　すすんでくれません。
時計《とけい》の　はりが、やっと　十二時《じ》を
さしました。
「わーい、あしたになった！」
リリコは　むっくり　おきあがると、
もういちど　リュックサックの
なかみを　たしかめました。
そのときです。

どこから、
へんな　もの音《おと》が
聞《き》こえてきました。
カタ　カタ　カタ……
コト　コト　コト……
（いったい　なんの　音《おと》？）
へんな　もの音《おと》は、
げんかんのほうから

聞《き》こえてきます。

（なんだろう？）

リリコは、足音《あしおと》を　たてないように、

そっと　かいだんを　おりていきました。

ガタ　ガタ　ガタ……

ゴト　ゴト　ゴト……

げたばこのまえに　立《た》つと、

もの音《おと》が　大《おお》きくなりました。

（このなかに　なにか　いる！）
ねずみでしょうか。それとも……。
リリコは、そばに　あった　かさを
ぎゅっと　にぎりしめました。

すると、げたばこのなかから、
ボソボソ　話《はな》し声《ごえ》が　聞《き》こえてきました。
（あれっ、だれか　しゃべってる。）
リリコは、耳《みみ》を　すませました。
でも、小《ちい》さな　声《こえ》なので、なにを
いっているのか　よく　わかりません。
リリコは、かさで　ボン！　と
げたばこを　たたきました。

「そこに　いるの、だれ！」
すると、話《はな》し声《ごえ》は　ぴたりと　やみました。
「出《で》てらっしゃいよ。」
がまんできなくなって、リリコは
げたばこの　戸《と》を　バン！　と　あけました。
なにかが　とびだしてきたら、
やっつけてやろうと　かさを
ふりあげました。

でも、なにも　とびだしてきません。
家族《かぞく》みんなの　くつが、ずらりと
ならんでいるだけです。
「へんねえ。たしか　ここから　話《はな》し声《ごえ》が
聞《き》こえてきたんだけど……。」

くびを　ひねりながら、リリコが
戸《と》を　しめようとしたときです。
「まって！」

げたばこのすみから、声《こえ》がしました。
「おねがいだから、ここから　出《だ》して！」
「出《だ》して　出《だ》して！」
「だれ？　どこに　いるの？」
あかりを　つけて　よく　見《み》ると、すみに
つっこまれていた　古《ふる》い　木《き》ばこが、
ガタガタ　うごいていました。
かぎの　かかった　ふたが、

パカパカしています。
「ここよ　ここよ！」
「はやく　はやく！」
リリコは　あわてて
木《き》ばこを
ひっぱりだしました。
かぎを
あけると――、

黒《くろ》い　くつが、ぴょん　ぴょんと
とびだしてきました。

ぷーんと　かびくさいような
ほこりくさいような　においがします。
くつは、口《くち》を　大《おお》きく　あけて、
スーハー　スーハー　しんこきゅうしました。
「ああ、やっぱり　外《そと》の　空気《くうき》は
おいしいわねえ。」
と、右《みぎ》の　くつが　いいました。
「出《だ》してくれて、どうも　ありがとう。」

と、左《ひだり》の　くつが　いいました。

「どういたしまして……。」

リリコの　むねが、

ドキドキしてきました。

おしゃべりする

先《さき》の　とんがった　黒《くろ》い

くつ……。　これは　きっと？

「ねえ、もしかして、

あなたたちは

まほうの　くつ？」

「そう。よく　わかったわね。」

「やっぱり！　そうだと　おもった。」

「そう　いう　あなたは、だれ？」

「わたしは　リリコ。小学校《しょうがっこう》の　一年生《ねんせい》よ。

でも、ただの　小学生《しょうがくせい》じゃないわよ。

おばあちゃんの　あとを　ついで、

まじょに　なるんだから。」

「まあ、そうなの！　じゃあ、また
わたしたちの　出番《でばん》が　きたってわけね。」
「出番《でばん》？　それって　どういうこと？」
「それは、こういう
わけが　あってね……。」
くつは、もとは
まじょの　おばあさんの
ものだったこと。

それから、あとつぎだった
リリコの　お母《かあ》さんに
ゆずられたけど、
お母《かあ》さんが　まじょに
なることを
やめてしまったので、
げたばこのおくに
おしこまれてしまったこと……。

「それから　ずっと　げたばこから
出《で》たことが　ないの。もう　何年《なんねん》に
なるかしら。まだまだ　やれるのに……。」
右《みぎ》の　くつが、ふーっと
ためいきをつきました。
「でもね、そんな　日《ひ》は　おしまい！
きょうから　リリコちゃんの
くつになるんだから。さあ、はいてみて。」

左《ひだり》の　くつが、うれしそうに　いいました。
「だけど、わたしには
ちょっと　大《おお》きすぎない？」
「そうでもないわよ。
くつひもを　きゅっと
しめたら、だいじょうぶ。」
リリコは、ワクワクしながら
くつを　はいてみました。

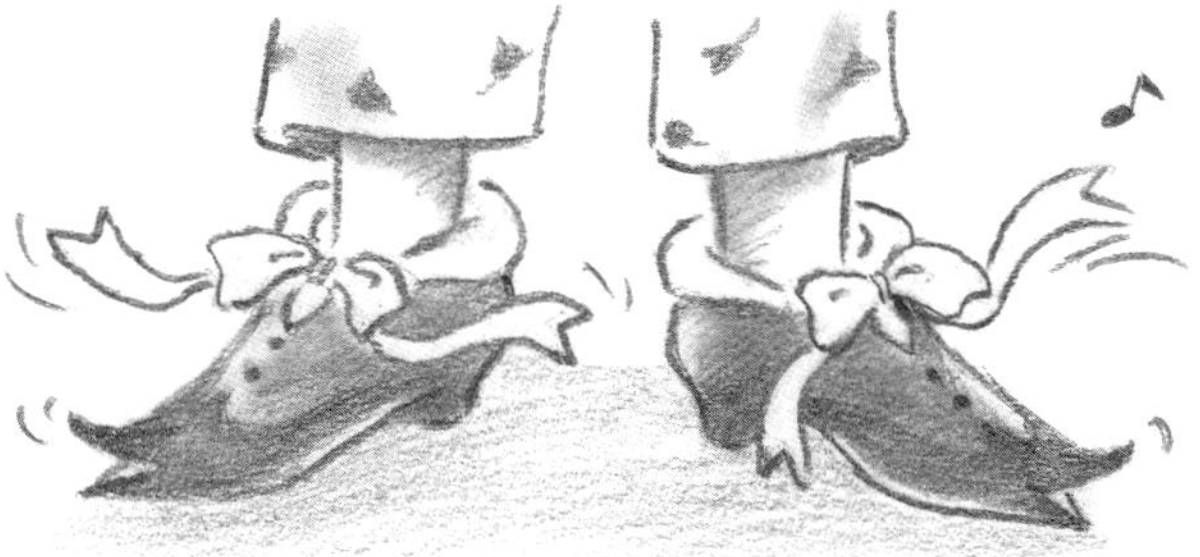

「ほんとだ！ まだ ちょっと
ぶかぶかするけど。でも、いい かんじ！」

リリコは 部屋《へや》のなかを
パタパタと 歩《ある》きまわりました。

「ねえ、リリコちゃん、おでかけしようよ。

ひさしぶりに 外《そと》を 歩《ある》いてみたいな。」

「さんせい！」

「だめだめ。こんな 夜《よ》なかに。」

「どうしても　だめなの？」

「ねえ、行《い》こうよ。」

そのとき、リリコは
いいことを　おもいつきました。

「そうだ。あした、えんそくなの。

いっしょに　行《い》く？」

「えんそくー！」

「もちろん、行《い》く　行《い》く！」

朝《あさ》になりました。
リリコは　お母《かあ》さんに
見《み》つからないように、
大《おお》いそぎで　くつを
はくと、
「いってきまーす！」
いきおいよく　家《いえ》を
とびだしました。

「リリコちゃん、おはよー。」
はるかちゃんは、
すぐに　リリコの
くつに
気《き》がつきました。
「リリコちゃん、
その　くつ
どうしたの？」

「うふふ。これは　まほうの　くつなの。夜《よ》なかに　見《み》つけちゃった。」

リリコは、きのうの　夜《よる》の　できごとを　はるかちゃんに　話《はな》しました。

「へーえ、すごーい！　それで、どんな　まほうが　できるの？」

「さあ、わかんない。」

リリコは、くびを　かしげました。

そのとき、ケイくんが　なにか
いいたそうに、ニヤニヤしながら
ちかづいてきました。

「へーんな　くつ。
なんか　まじょが　はく　くつみたいだな。」

「ええ、そうよ。これは　まほうの
くつなの。」
リリコは、とくいげに　いいました。
「なにか、もんく　ある？」
すると、ケイくんは、ちょっと　ふあんな
顔《かお》をしました。
ケイくんは、リリコが　まじょの
まごだということを　しっているのです。

まえに　リリコの　ぼうしを
からかって、いたい
目《め》にあったことを
おもいだしたのでしょうか。
「ベーつに。」
ケイくんは、ふんと　鼻《はな》を　ならしました。
「でもさあ、そんな　おんぼろじゃ、
とっくに　パワーは　消《き》えてるよ。」

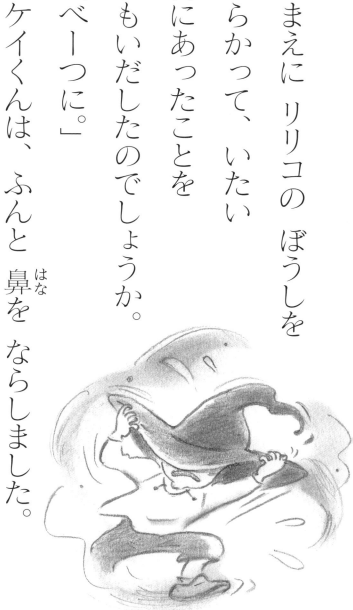

そのとき、リリコの
足《あし》もとで　声《こえ》がしました。
「おんぼろだなんて　ひどいわね。」
「ほんと、しつれいしちゃうな。」
ケイくんが、ふしぎそうに
あたりを　見《み》まわしました。
「いま、なにか
聞《き》こえなかった？」

「なーんにも。ねえ、はるかちゃん？」
「うん。なーんにも　聞《き》こえなかったわよ。」
「へんだなあ……。」
ケイくんは、くびを　かしげながら
行《い》ってしまいました。
その　うしろすがたを　見《み》て、
リリコと　はるかちゃんは、
くすくす　わらいました。

「では、しゅっぱーつ！」
行《ゆ》き先《さき》は、山《やま》の上《うえ》の
夕日《ゆうひ》が丘公園《おかこうえん》です。
みんな、きちんと
二れつになって
歩《ある》きはじめました。
はじめは　リリコも
スタスタと

歩《ある》いていましたが、
しばらくすると、
だんだん　みんなから
おくれてきました。
　くつひもが
ゆるんで、スポスポと
足《あし》が　ぬけそうに
なるのです。

なんども　立《た》ちどまって　くつひもを
むすびなおすので、どんどん
おくれていきました。
「リリコちゃん、がんばって！」
坂道《さかみち》では、はるかちゃんが
手《て》を　ひっぱったり、せなかを
おしてくれたりしました。
すると、また　ケイくんが

ちかづいてきて、耳《みみ》もとで　いいました。

「それ、ほんとうに　まほうの　くつか？　パワー、ぜんぜん　ないじゃん。」

「そんなこと　ないもん。」

そう　いったものの、

(やっぱり　わたしには　大《おお》きすぎたみたい。はいてくるんじゃなかった……。)

リリコは、ちょっと　こうかいしていました。

やっと、
夕日《ゆうひ》が丘公園《おかこうえん》に
つきました。
気《き》もちのいい
風《かぜ》が　ふいています。
見《み》はらしのいい
公園《こうえん》から、リリコたちの
小学校《しょうがっこう》が　小《ちい》さく

見《み》えました。
先生《せんせい》が　みんなに　注意《ちゅうい》しました。
「いいですか。公園《こうえん》から
外《そと》に　出《で》ないこと。
かってに　とおくに
行《い》っては　いけませんよ。
わかりましたね。」
「はーい！」

たのしい　時間《じかん》は、あっというまに
すぎていきます。

「はーい、みんな あつまってくださーい！

そろそろ お帰《かえ》りの 時間《じかん》ですよー。」

先生《せんせい》が、大《おお》きな 声《こえ》で いいました。

「えー、もう 帰《かえ》る 時間《じかん》？」

「もっと　あそびたいのにね。」
みんな、ワイワイ　いいながら
あつまってきました。
「さあ、二れつに　ならんで。みんな
そろっていますね。」
先生《せんせい》は、一、二、三と　かぞえていきました。
「あれっ、ひとり　たりない。だれが
いないのかしら？」

みんな、きょろきょろと
見《み》まわしました。
「ケイくんが　いませーん。」
と、だれかが　いいました。
「ほんとだ！　ケイくんが
いないわ。だれか　ケイくんを
見《み》かけなかった？」
みんな、くびを　よこに　ふりました。

先生《せんせい》の　顔《かお》が、みるみる　青《あお》くなりました。
「いいですか。みんな、ここから　ぜったい
うごいてはいけませんよ。ケイくんを
さがしてきます。すぐ
帰《かえ》ってきますからね。」
そう　いって、
先生《せんせい》は　大《おお》あわてで
はしっていきました。

先生《せんせい》は、すぐ 帰《かえ》ってくると いったのに、
なかなか 帰《かえ》ってきません。

「ケイくーん！」

「おーい。」

「おーい。」

みんなの 声《こえ》が、風《かぜ》に
ふきけされていきます。

（ケイくん、どこへ 行《い》っちゃったんだろう。

（だいじょうぶかなあ……。）
わるい　そうぞうばかりして、
リリコは　いても　たっても
いられなくなりました。
そのときです。
リリコの　足《あし》が、かってに
足《あし》ぶみを　はじめました。
（えっ、なんで？）

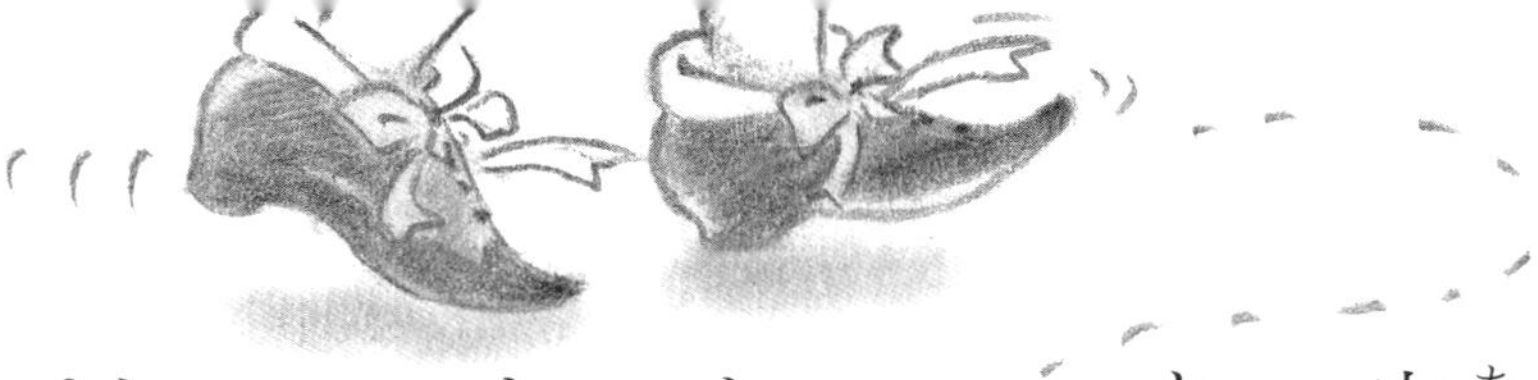

そのうち、トコトコと
歩《ある》きだしたでは
ありませんか。
　とめようと
おもっても、
とまりません。
「リリコちゃん、
どこ　行《い》くの？」

はるかちゃんが　聞《き》きました。
「わたしにも　わかんないよー！」
くつは、いったい　どこへ
行《い》くのでしょう。くつは　ときどき
立《た》ちどまったり、おなじところを
行《い》ったり来《き》たりしました。
「もしかして……。」
リリコは、ぱっと　目《め》を　かがやかせました。

「わかった。ケイくんの　いるところを
さがしてるのね！」
くつは、それに　こたえるように、
ぴょんと　ジャンプしました。

「はやく　つれてって。
ケイくん、どこに　いるの？」
すると、立《た》ちどまっていた
くつが　また　歩《ある》きはじめました。

くつは、まっすぐ　林《はやし》に
むかっていきます。
林《はやし》のなかは、鳥《とり》の　なき声《ごえ》が
聞《き》こえるだけで、
しーんと　しずまり
かえっていました。
木《き》のあいだを、
ヒューンと　風《かぜ》が

ふきぬけていきます。

（こんなところに、

ほんとうに

ケイくん　いるのかなあ。）

リリコは、だんだん

ふあんになってきました。

「ねえ、ほんとうに　だいじょうぶ？

帰《かえ》れなくなったりしない？」

くつは なにも こたえないで、 ずんずん
林《はやし》のおくに すすんでいきます。
とつぜん、 くつが
タタタッと はしりだしました。
ケイくんの いるところが
わかったのでしょうか。
「もっと ゆっくり はしってよー。」
ズボ ズボ ズボ ズボ、 いまにも

くつが　ぬげそうです。
スッテーン！

とうとう、木《き》の　根《ね》に　つまずいて
ころんでしまいました。

その ひょうしに、
左《ひだり》の くつが、
スッポーン！
ぬげた　くつは、
そのまま いきおいよく
はしりだしました。
リリコは　あわてて
おいかけましたが、

かたほうの　くつでは
はやく　はしれません。
あっというまに、
見《み》うしなってしまいました。
「どうしよう……。どうしたら　いい？」
リリコは、足《あし》もとを　見《み》つめました。
すると、右《みぎ》の　くつが、じれったそうに
リリコの　足《あし》を　ずりずり　ひっぱりました。

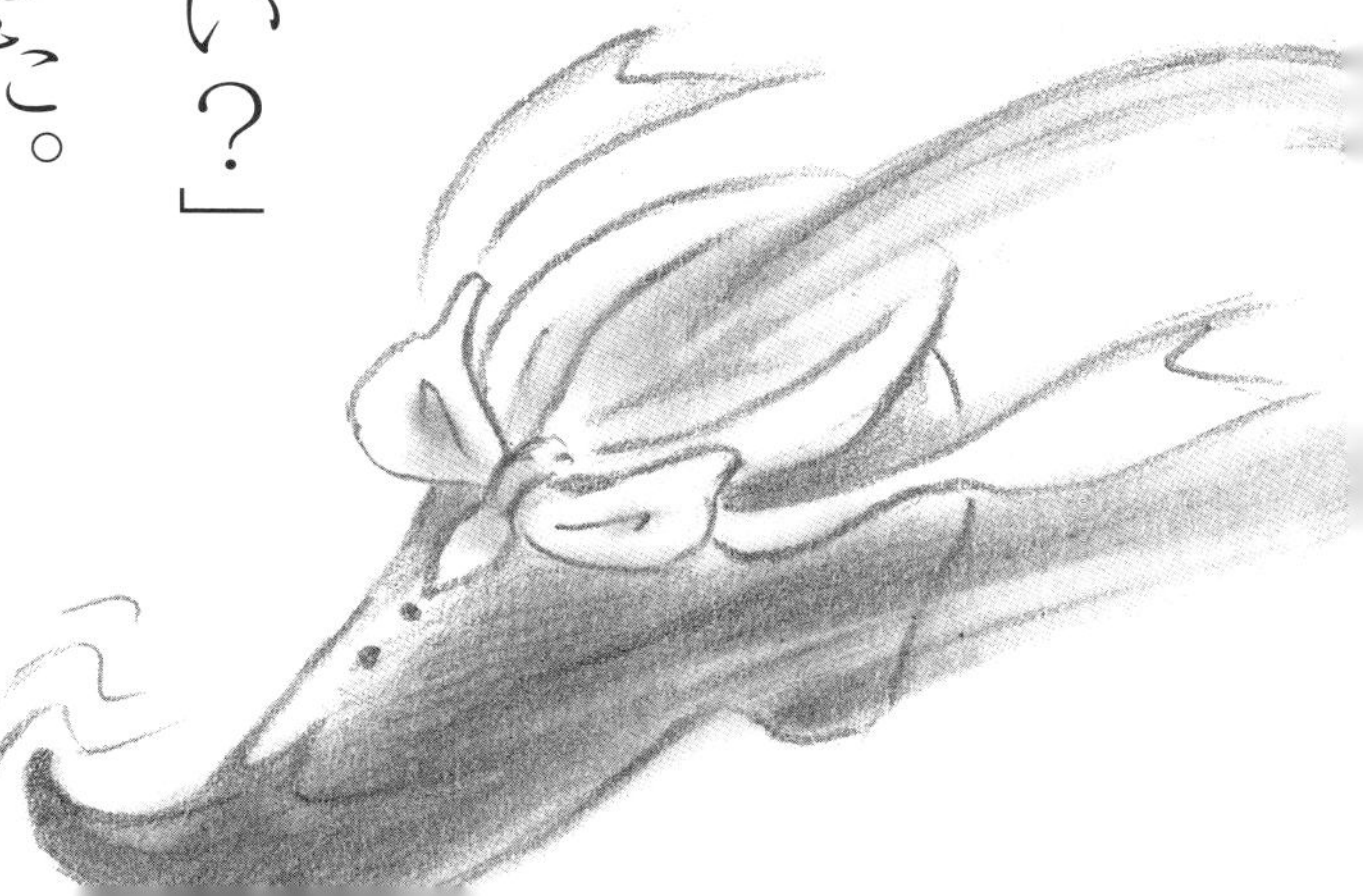

「そうか、 わかったわ！
こうしてほしいのね。」
リリコは いそいで
くつを ぬぎました。
「さあ、 はやく
あいぼうを
おいかけて！」
右《みぎ》の くつは、

とびはねるようにして
はしりだしました。

くつしただけになった
リリコは、ひっしに
くつを　おいかけます。
木《き》のあいだを
すりぬけ、たおれた
木《き》を　とびこえ、
落《お》ち葉《ば》を
けちらして……。

キュッと　くつが　とまりました。
「あーっ、あんなところに　ある。」

リリコが　くつひもを　ほどくと、
「ふうっ、たすかった。ありがとう。」
左《ひだり》の　くつは　そう　いうと、
また　はしりだそうとしました。
そのときです。
「まちなさいよ。」
右《みぎ》の　くつが　大《おお》きな　声《こえ》で　いいました。
「かってなことを　しないでちょうだい。

わたしたちは　いつも
いっしょでしょ。
ふたりで
ひとつなんだからね。」
「だってさ……。」
左《ひだり》の　くつは、
ぷっと
ふくれました。

「いっつも　あんたは　そうなんだから。
あのときだって――。」
右《みぎ》の　くつの　おせっきょうが
つづきそうだったので、リリコは
あわてて　とめました。
「ねえ　ねえ、いまは
ケンカしてるばあいじゃないでしょ。
はやく　ケイくんを　さがしてよ。」

「そうだった！」
くつが　口《くち》を　そろえて　いいました。

「さあ。はやく
ケイくんのところへ
つれてって。」
リリコは、もう
ぬげたりしないように、
くつひもを
ぎゅうぎゅうに
むすびなおしました。

しばらく　行《い》くと、くつが　大《おお》きな
木《き》のまえで　ぴたっと　とまりました。
木《き》の　根《ね》もとに、男《おとこ》の子《こ》が
うずくまっています。
「ケイくん？」
リリコが　声《こえ》を
かけると、男《おとこ》の子《こ》が
顔《かお》を　あげました。

「ケイくん!」

リリコが　かけよると、ケイくんの　顔《かお》が、
ぱあっと　明《あか》るくなりました。

「リリコちゃん……。」
ケイくんは、あわてて
なみだを　ふきました。
「ケイくん、どうして
こんなところに　いるのよ！　公園《こうえん》から
出《で》たら　だめって、先生《せんせい》に　いわれたでしょ！」
「うん……。　それがさあ、すっごく
めずらしい　ちょうちょを　見《み》つけたんだ。

図鑑《ずかん》でしか　見《み》たことが　ない
ちょうちょなんだよ。おいかけていたら、
道《みち》に　まよっちゃった。まだ、そのへんに
いるかもしれないんだ。」
ケイくんは　きょろきょろと
あたりを　見《み》まわしました。
「なに　のんきなことを　いってるの！
みんな、すっごく　しんぱいしてるんだから。」

リリコは、ぐいっと　ケイくんの
手《て》を　ひっぱりました。
「さあ、帰《かえ》るわよ。」

ぐんぐん　すすんでいく　リリコに、
ケイくんは　ついていくのが　やっとです。
ハーハー　息《いき》をきらせながら、ケイくんが
聞《き》きました。
「ねえ、どうして　ぼくが　いるところが
わかったの？」
「くつが　ここに　つれてきてくれたのよ。」
「くつって、その　へんな　くつ？」

すると、リリコは
ぴたっと　とまって、
くるりと　ケイくんを
ふりかえりました。
「へんじゃないわ。いったでしょ、
これは　まほうの　くつだって。」
「ごめん……。」
ケイくんは、あわてて　口《くち》を　ふさぎました。

公園《こうえん》が　見《み》えてきました。
あと　すこし、
というところで、
ケイくんが　きゅうに
立《た》ちどまりました。
「ケイくん、
どうしたの。はやく
行《い》くわよ。」

すると、ケイくんが　てれくさそうに、

「……ありがとう。」

なんて　いうではありませんか。

リリコは　びっくりしました。

ケイくんの　口《くち》から、ありがとうって
いうのを　リリコは　はじめて　聞《き》きました。
「うん。でも、ありがとうは、くつに
いわなくちゃね。それから、この
くつのことは、みんなに　いったら　だめよ。」
「わかった。それとね……、
ぼくが　ないてたなんて　みんなに
いわないでよ。あれは　うそなきだからね。」

「ほんとう？」
「ほんとう……。」
「そうかなあ？」
　リリコが　ケイくんの
顔《かお》を　のぞきこむと、
ケイくんは　ぽりぽり　頭《あたま》を　かきました。
　そのとき、先生《せんせい》が　ころげるように
かけよってきました。

「ふたりとも、どこへ行《い》ってたんですか！ほんとに　もう、だめじゃないの！」

先生《せんせい》は、かんかんにおこっています。

「ごめんなさい。」

「ごめんなさい。」

すると、先生《せんせい》は　ふたりを
だきしめて、へなへなと
すわりこんでしまいました。
「だけど、よかったあ。
ふたりとも　ぶじで……。」
そのあと、ケイくんと
リリコは、学校《がっこう》に　帰《かえ》ってからも、
さんざん　先生《せんせい》に　しかられました。

帰《かえ》り道《みち》、リリコと　はるかちゃんに、
ケイくんが　かけよってきました。
「きょうは　ごめんな。
ぼくを　さがして
くれたのに、
リリコちゃんも
いっぱい
しかられちゃったね。」

するとと、はるかちゃんも　ふしぎそうに
いいました。
「リリコちゃん、どうして
ほんとうのことを　いわなかったの？
そしたら、リリコちゃんまで
しかられること　なかったのに。」
「だって、わたしが　まじょの
まごだって　しってるの、ケイくんと

はるかちゃんだけでしょ。この　くつが
まほうの　くつだってことは、だれにも
ひみつなんだもん。」
「そうかあ。わたしたちだけの
ひみつなんだね！」
「それから、だれかさんが
ないてたことも　ひみつなんだ。」
「えっ、だれが　ないてたの？」

はるかちゃんが
聞《き》きました。
すると、ケイくんが、
きゅうに
あわてだしました。
「じゃあな!」
そう いって、ダッシュで
行《い》ってしまいました。

「ただいまあ！」
げんかんに　はいると、
お母《かあ》さんと　おばあさんが
とんできました。
「まあ、やっぱり！」
リリコの　足《あし》もとを　見《み》て、
ふたりは　どうじに
声《こえ》を　あげました。

「その　くつ、いつ　見《み》つけたの？」

「夜《よ》なかに　くつが　おしゃべりしてたの。外《そと》に　出《で》たい　出《で》たいって。だから　わたし、えんそくに　いっしょに　行《い》ったのよ。

そしたらね……。」

リリコは、きょうの　できごとを　くわしく　話《はな》しました。

お母《かあ》さんと　おばあさんは、

こまったような　ほっとしたような　顔《かお》で、
ふんふん　うなずきながら　聞《き》いていました。
「ねえ、この　くつ、もらっても　いいでしょ？」
「だめだめ。リリコには　にあわないわ。
こんど、もっと　かわいい
くつを　かってあげるわ。」
お母《かあ》さんは、リリコが
まじょになるのは　はんたいなのです。

「ううん。わたし、このくつが　いいの。
ねえ、おばあちゃん。いいでしょ？」
「そうさねえ……。」
おばあさんは、すこしのあいだ
かんがえていました。
「リリコには、いつか　あげようと
おもってたんだよ。でも、まだ
大《おお》きすぎるから、しばらく

しまっておこうか。」
「しばらくって、いつまで?」
「リリコが　大《おお》きくなって、くつが　足《あし》に
ぴったりになったときだよ。リリコが
ほんとうに　まじょの　あとつぎになるって
決《き》めたら、そのとき　あげることにしようね。」
「大《おお》きくなるまで　まてないもん。それに、
わたし、まじょになるって　決《き》めてるもん。」

すると、おばあさんは、
リリコの　顔《かお》を
じっと　見《み》つめて、
「いまは　まだ
決《き》めないでおこうね。
ゆっくり　ゆっくり
大《おお》きくおなり。」
そう　きっぱりと　いいました。

「うん……。」
リリコは、ちいさく　うなずきました。
リリコは　げんかんに　行《い》って、
くつを　きれいに
みがきました。
それから、くつひもを
きれいなものに
とりかえました。

「きょうから、わたしの　くつに
なってくれるはずだったのに。ごめんね。」
すると、右《みぎ》の　くつが　いいました。
「ううん。ひさしぶりに　出番《でばん》が　あって、
とっても　うれしかったわ。わたしたち、
まだまだ　パワーが　あるって
わかったしね。」
「でも、きょうは　ちょっと

はりきりすぎたかな。つかれちゃった。」
左《ひだり》の くつが、ふわあっと 大《おお》きな
あくびをしました。
「わたしたち、しばらく
やすんで、もっと もっと
パワーを ためなくちゃね。
リリコちゃんが
大《おお》きくなるのを まってるわ。」

「おやすみ、リリコちゃん。また あえる
日《ひ》を たのしみにしてるよ……。」
くつの 声《こえ》が、だんだん 小《ちい》さくなりました。
「おやすみなさい……。わたしも いっぱい
ごはんを 食《た》べて、ゆっくり ゆっくり
大《おお》きくなるからね。」
リリコは、そっと 木《き》ばこの
ふたを しめました。

作者●**中島和子**（なかじまかずこ）
岐阜県出身。童話の創作を中心に活動する。主な作品に『りっぱなおおかみになりたい屋』（ポプラ社）、『かばた医院のひみつ』『さいごのまほう』（金の星社）、詩集『青い地球としゃぼんだま』（銀の鈴社）などがある。

画家●**秋里信子**（あきさとのぶこ）
鳥取県出身。絵本・児童書の挿絵を中心に活動する。作品に『かばた医院のひみつ』『さいごのまほう』（金の星社）、『うふふ森のあららちゃん』（国土社）、『ぼくのんびりがすき』（岩崎書店）などがある。

小学生まじょとまほうのくつ
作●中島和子　絵●秋里信子
初版発行—2018年9月　第2刷発行—2019年7月
発行所—株式会社金の星社
〒111-0056 東京都台東区小島1-4-3
電話03-3861-1861（代表）ファックス03-3861-1507
http://www.kinnohoshi.co.jp
振替00100-0-64678
印刷——広研印刷株式会社
製本——東京美術紙工
NDC913 ISBN978-4-323-07424-5 96p 22cm

Published by KIN-NO-HOSHI SHA, Tokyo, Japan